JN226554

DE VERJAARDAG VAN DE EEKHOORN

リスのたんじょうび

トーン・テレヘン
野坂悦子 訳　植田真 画

もくじ

De verjaardag van de eekhoorn en andere dieren
by Toon Tellegen

Copyright © 1995 by Toon Tellegen, Amsterdam,
Em. Querido's Kinderboeken Uitgeverij
Japanese edition published by Kaisei-sha Publishing Co., Ltd., 2018
Japanese translation rights arranged with Em. Querido's Uitgeverij B.V.
through Japan UNI Agency, Inc., Tokyo

Nederlands
letterenfonds
dutch foundation
for literature

This book was published with the support of the Dutch Foundation for Literature.

装丁　中嶋香織

DE VERJAARDAG VAN DE EEKHOORN

リスのたんじょうび

なにもわすれることがないように、リスは家じゅうのかべに、小さな紙きれをはっておきました。

そんな紙の一枚には、〈ブナの実〉と、書いてあります。

リスは、それをなんど読んだかわかりません。そして、読むたびにかならず、「うん、ブナの実だ！　ブナの実のことを思いだしてよかったよ」といい、くるりとむきを変えると、戸だなへ歩いていきました。すこししてから、リスは、あまいブナの実か、むしたブナの実をのせたお皿のまえにすわるのでした。

べつの紙には、〈アリ〉と、書いてあります。

その紙きれを見つけるたび、リスはうなずいて、（ほんとだ、アリのところに行かなくちゃ）と思いました。そして、ブナの木の幹をつたって地面にすべりおりると、アリの家のほうへむかい、遠くからよびかけました。

「アリ！　アリくん！」

それからまもなく、ふたりは川岸の草のなかにすわると、わすれられないけれど、おぼえてもいられないことについて話しあうのでした。

リスとアリは、たいてい何時間も、そこにすわっていました。

〈うきうきする〉と、書いた紙きれもあります。

（ありゃあ）と、リスは、その紙を読むたび思いました。そして、できるかぎり気持ちがうきうきするように、がんばってみました。でも、うきうきしていないときに、うきうきするのは、とてもたいへんでした。そんなときどうしたらいいのか、アリはなんどか説明してくれましたが、長くてややこしい話だったので、リスにはよくわからないままでした。

（あの〈うきうきする〉の紙はどう考えてもへんだ）と、リスは思っていました。でも、やっぱり、かべにはっておきました。

リスがほとんど行かない、すみっこのおくのほうに、さらにもう一枚(まい)、紙きれがありました。ずっとはなれたところなので、その紙に書いてあることをリスが読むのは、一年にいちどきり。紙には〈ぼくのたんじょうび〉と、書いてありました。

ある朝、リスは〈ブナの実〉を二回も読み、考えこみながら〈うきうきする〉の紙を見つめ、そのあと、あの紙きれに、ふと目をとめました。

「ぼくのたんじょうび」

リスは声に出して読みました。そしておでこをぱちんとたたくと、両目をつぶっていいました。

「ほんとうだ！　もうすこしで、わすれるところだったよ！　ぼくのたんじょうびを……」

胸(むね)が、どきどきしました。リスはもうすぐ、たんじょうびだったのです。

ぼくの
たんじょうび

リスはドアのそとへ出ると、家のまえの枝にすわりました。夜はまだ明けたばかりでした。太陽が顔を出し、遠くでは、ツグミが歌っています。リスはブナの木の皮を一枚はがすと、こう書きました。

アリへ
ぼくの
たんじょうびパーティーに
きてくれる?
あさってだよ。

リスより

リスはブナの木の皮をもう一枚はがして、「ゾウへ」と書き、そのあとまた、「クジラへ」「ミミズへ」と書きました。（みんながきてほしい、ひとりひとりみんなが）と、思ったからでした。

そして何時間も手紙を書きつづけ、その日の午後のあいだに、リスのまえにも、うしろにも、よこにも、手紙の山ができました。手紙の山は、リスの家の屋根をこえる高さになりました。

(これでみんなを招待した)と、リスは思うのですが、そのたびにまた、だれかのことを思いだしました。そして「ハチドリへ」と、書きたしました。ほかにも「ユキギツネへ」「タツノオトシゴへ」とか。

太陽はかたむきはじめ、もう、だれの名前も思いうかびません。リスは考えに考え、さらに一通、オバケバッタあてに手紙を書いてまた考え、じぶんでじぶんにいいました。

「うん、これでさいご。あとはだれも思いつかない」

すると、風がまきおこり、手紙を空高くふきあげました。あたりはひどく暗くなり、リスのまわりではなにもかもが、かさかさとざわめいています。手紙は、ぐるぐると大きな輪(わ)をえがいてとんでいましたが、それから、森のあちこちにとびちりました。

いくつかの手紙は、早くもしたたにむかって川のなかにすべりおち、カワカマスやコイ、トゲウオのところに行きました。

ほかのいくつかは、地面のなかにもぐりこみ、モグラやミミズなど、土のなかにすむ生きものたちのもとへ。

さらに森をこえて砂漠（さばく）へむかい、ラクダやスナバエのところへ行った手紙もあれば、海へむかい、マッコウクジラやほかのクジラ、アザラシ、イルカにとどいた手紙もありました。

リスは深呼吸（しんこきゅう）すると、じぶんの家へはい

りました。みんな、きっときてくれる。そう思いながら。そして、かべにはった〈ブナの実〉という紙きれに目をとめて、心のなかでつぶやきました。

（ああ、うん、ほんとうだ。ぼくは、おなかがぺこぺこだよ）

リスは、あまいブナの実を深皿に二杯食べたあと、ベッドにはいりました。みんな、きっときてくれる……と、もういちど思い、それから毛布を体のうえにひっぱりあげて、ねむりにつきました。

つぎの朝、リスに返事がとどきました。

手紙は、かぞえきれないくらい、たくさんありました。

ドアのまえの枝(えだ)にすわっているリスの正面にも、よこにも、うしろにも、返事の手紙が山になっていました。リスはそれをひとつずつひらいて、そのたびに「この手紙は、いったいだれからかなあ……」と、ひとりごとをいうのでした。

リスへ　はい。　アリより

リスへ　はい。　コオロギより

リスへ　はい。　クジラより

どの手紙を読んでも、リスは（うんうん、きてくれるんだ……うんうん）と思います。そして、うれしくなって、両手をこすりあわせました。

しばらくすると、つま先で立たないと、手紙の山のむこうが見えないぐらいでした。もっとあとになると、手紙のあいだに通り道をつくらなければ、太陽の光もはいらないし、字も読めないぐらいでした。

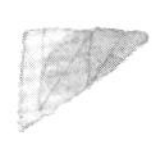

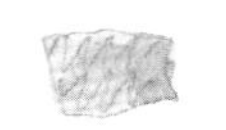

なかには、字が書けないものや、「はい」の書き方をわすれているものもいました。そんな動物たちは、鳴いたり、ピーピーさえずったり、チューチューいったりして、「はい」をつたえました。

ありとあらゆるところから、ひとりひとりの声が聞こえてきました。

おれはえらすぎて返事が書けない、と思っていたザリガニは、かわりに「いいとも」の声をあげてもらえないかと、ヒバリにたのみました。

ヒバリはまいあがって、青空のうえで、よろこびの声をあげました。

「いいとも！　ザリガニより！　そしてわたしも！　ヒバリ！」

「行かない」と書いたり、「やだよ」とさけんだりするものは、だれひとりいませんでした。

あたりが暗くなりはじめて風がおさまり、新しい手紙がこなくなると、リスは
（みんなみんな、きてくれるんだ……）

と思いました。

なのに、返事がひとつ、たりない気がしました。いったいだれでしょう？

リスは目をとじて、（だれなんだろう……？）と考えましたが、どうしてもわかりません。

すると夕やみのなかを、小さな手紙がひとつ、ふわふわとただよってきました。手紙は光をはなっているようにも、ぱちぱちまばたきしているようにも見えました。

それはホタルの返事で、「じぶんも行きます」と、書いてありました。

リスはその手紙を読んで、うなずきました。

（これで、ひとりのこらずきてくれるって、わかったよ）

そして、家にはいると、〈ブナの実〉と書いた紙きれを見つけて、「ああ、うん、ほんとうだ」と、あたたかい、むしたブナの実を大皿いっぱい食べました。

それから、暗やみのなか、窓辺（まどべ）にすわってそとをながめました。ねむれそうにないや、と思いながら。リスは、星や、すぎさっていく小さな雲、木々の暗いこずえを見つめていました。

動物たちは、その夜、リスのためにプレゼントをつくりました。

水のした、しげみのなか、はるかな雲のうえで、音をたてないようにして。というのも、リスをびっくりさせたかったからでした。

ひとりひとりが、プレゼントをひとつずつ、リスのためにつくりました。


世界はざわざわぶるぶるとしていましたが、その音はとても小さかったので、暗やみのなか、窓辺にすわっていたリスは（静かだなあ、聞こえるのは、ぼくの心臓の音だけだ）と、思っていました。

（みんなそろって、ほんとにきてくれるかな？　たのしいたんじょうびだと思ってくれるかな？　それとも、つまらない日になるのかな？　そういうことだってあるよ。どうなるか、だれにもわからないもの）

リスは、おでこに心配そうなしわをよせました。

けれども、首をよこにふって、心のなかでいいました。

「ううん、だいじょうぶ。そんなふうには、ぜったいならない……。みんながくるんだもの、つまらないはずがないよ」

そうやって何時間も窓辺にすわっているうちに、リスはねむりにおちて、ねむったままゆっくり、いすから床にすうっとおりると、そのままベッドにむかい、毛布を体にかけました。

動物たちはそのあいだに、でっかいプレゼント、ちっこいプレゼント、赤いプレゼントや青いプレゼント、チーチーと鳴くプレゼント、あたたかいプレゼントに、とてもつめたいプレゼントをつくりました。十ぴきがかりでないともちあがらないほど重いプレゼント、さっと風がふいてとばされないよう、しっかりかかえないといけないほど軽いプレゼントも。

ゆがんだプレゼント、ぺらぺらでまっすぐなプレゼント、ころころころがりそうな、まあるいプレゼント、ひっくりかえせないぐらいごつごつしたプレゼントもありました。

木のプレゼントに、はちみつのプレゼント、空気でできたプレゼント、食べられるプレゼント。冬、すごくさむかったら、頭にかぶったり、しっぽにくっつけたりできるプレゼント。思いつくかぎりのプレゼントを、ぜんぶつくりました。

もうすぐ、リスのたんじょうび。プレゼントを用意しながら、動物たちは思いました。そう、もうすぐなのです……。

ガーガー鳴いたり、歌ったりできるものはみな、とても静かに、鳴いたり歌ったりしました。「ああ、いよいよ、あとすこし……」と、リスのたんじょうびのまえの夜に。

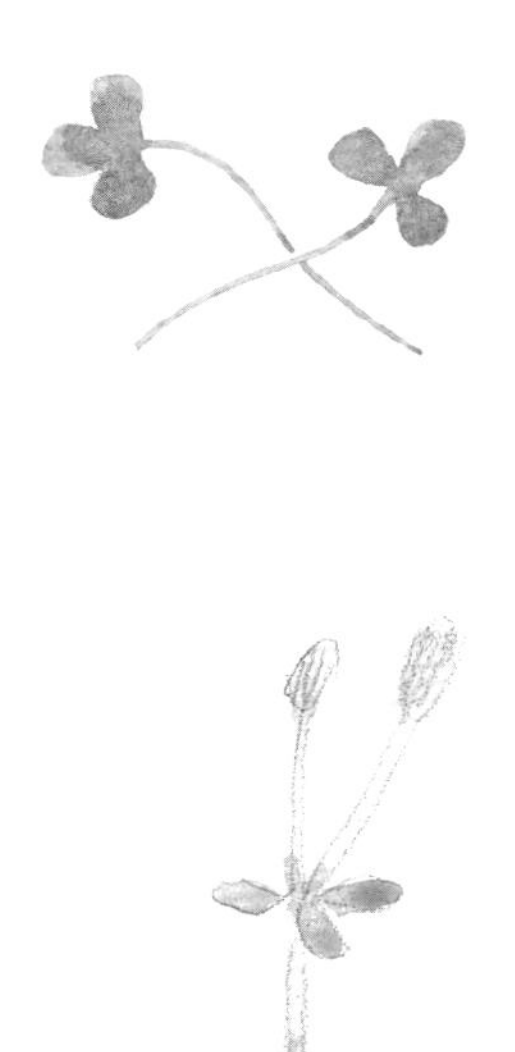

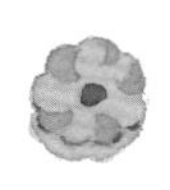

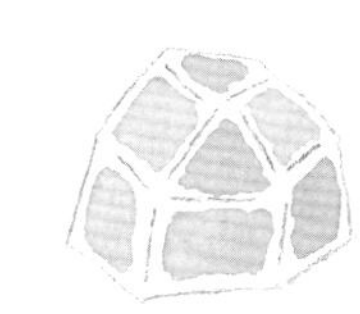

たんじょうびの朝、リスはケーキをやきました。太陽がのぼるまえに、ケーキづくりをはじめたのです。一日がおわるころ、きてくれたみんなが「もう食べられない……」といってくれるように、リスはできるだけたくさん、ケーキをつくるつもりでした。（それでこそ、ほんとのたんじょうびだ）と、思ったからでした。

クマとマルハナバチのためには大きなはちみつケーキ、カバには草ケーキ、蚊にはぽつんと小さな赤いケーキ、フタコブラクダにはかわいたケーキをつくりました。重くてしょっぱいケーキは、サメとイカのため。リスは、そのケーキをくさりにつないで、川にし

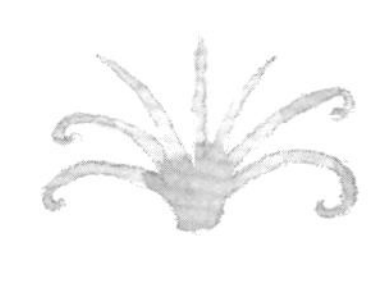
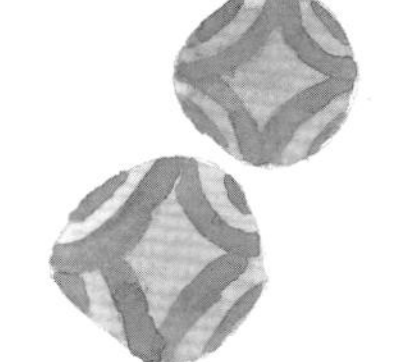

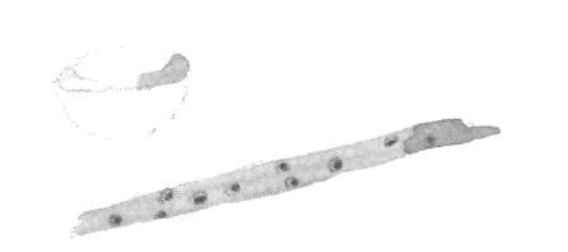

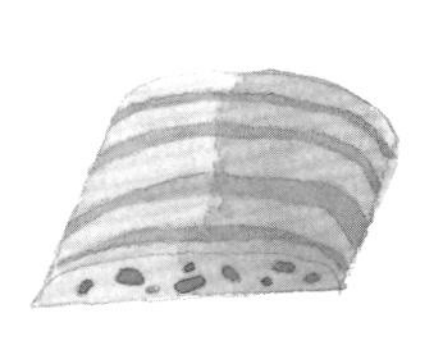

ずめました。それから、うすくて空気のように軽いケーキを、ツバメとガンとミヤコドリのためにやいて、木立のうえの空にうかべました。とばされないよう、ひもにむすびつけて。

リスは、ミミズとモグラのために、でっかい、しめったケーキもつくりました。ものすごく重いケーキなので、地面にしずんでいき、ミミズやモグラも暗やみのなかで食べられるのです。そのケーキは、地中で食べるのが、いちばんおいしいのでした。

ときどき、リスはひとやすみしましたが、長くやすむことはありませんでした。なにしろ、かぞえきれないほどのケーキ、それはもうたくさんのケーキが必要

だったからでした。
　ざらざらした木の皮ケーキはゾウのために、あなだらけの木のかけらのケーキは、キクイムシのためにつくりました。そのあとじっくり考えて、トンボには、ただの水だけのケーキをつくりました。それはちらちらと光るとくべつなケーキで、リスはそのケーキを、ほかのとはわけて、バラのしげみのしたにおきました。
　午前中ずっとケーキをつくりつづけ、ようやくじゅんびがおわったのは、太陽が高くのぼり、いよいよパーティーがはじまるというときでした。
　リスはまわりを見て、うん、とうなずきました。

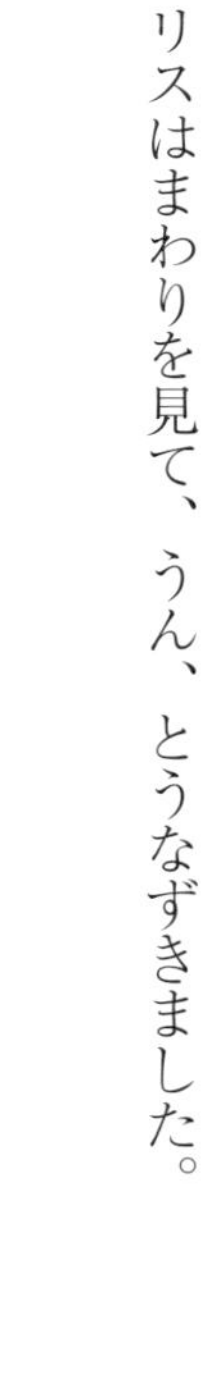

あたりは、よこになっていたり、うかんでいたり、立っていたり、どこかにひっかかっていたりするケーキでいっぱい……黒いケーキ、白いケーキ、ひねまがったケーキ、まんまるのケーキ、背(せ)の高いケーキ、地面にゆっくりとしずんでいく、でっかいぶかっこうなケーキもありました。ほとんどのケーキは、まだほかほかで、あたりにあまいにおいをまきちらし、パーティーが待ちきれずに、きらめいているように見えました。

それは夏のさかりの、晴れた暑い日のこと。

ケーキは、みんなにひとつずつ、ありました。

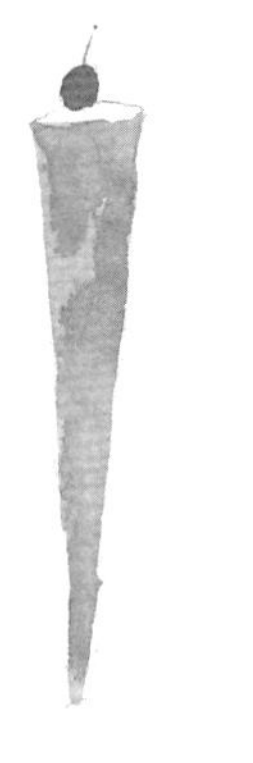

その朝、リスがケーキをつくっているあいだ、動物たちは、パーティーに着ていく服をさがしました。

ゾウはまだいちども着たことのない、小さな赤い上着を身につけました。クマはだぼだぼすぎて、きちっと着られない灰色のコート。モグラは黒ではない色をさがしましたが、見つからないので、もっている服をぜんぶうらがえしにして着ました。

上着やぼうしを売るキリギリスの店は、大いそがし。カブトムシはいちど白いかっこうをしてみたくなり、すその長い白い上着を着てみました。トカゲはむらさき色のぼうしを頭のうしろにのせ、コオロギは「大きな赤い上着をさかさに着てもいいかい、金ボタンをせなかにまわして」と、ききました。

「かまいませんよ、かまいません！」

キリギリスは、羽をこすりあわせてこたえました。

海のなかでは、イカがむらさき色の衣（ころも）に身をつつみ、十本のそでに足をさしこんでいます。クジラはしおふきのあなに、緑色のとんがりぼうしをのせ、セイウチは黄色い蝶（ちょう）ネクタイを、首にちょこんとしめました。そして、ふむ、わるくない、と思いました。

めいめいが、なにかとくべつなものをさがして、身につけようとしました。いつものじぶんでは、行きたくなかったのです。カメでさえ、せっかくの機会（きかい）なので、こうらにまっかなチョッキをまとい、ハリネズミはせなかのハリ一本一本に、小さな青いカバーをかぶせました。そうするのには何時間もかかって……カタツムリが、むかしもらったおんぼろの小屋をせなかにとりつけるのより、長くかかったぐらいでした。

いままでだれも見たことのないかっこうをしよう、と、みんなが思っていたのでした。

　ちょうどお昼になりました。空は晴れ、たんじょうびを祝うのにもってこいの日だと、動物たちは思いました。そして、だれもが森のまんなかをめざして出発しました。ブナの木からあまりはなれていない、川岸の空き地をめざして。リスはそこで、たんじょうびを祝うつもりでした。

　お昼をすぎたころ、リスは空き地にずらりとならべたケーキのあいだに、立っていました。

ほかには、まだ、だれのすがたもありません。

リスの頭に、いっしゅん、暗い考えがうかびました。たんじょうびのこと、みんなはわすれちゃったのかもしれない。そう思ったのです。（ぼくのいるところが、わからなくなったとか？　それに「あさって」と、ぼくは書いたけど、意味がみんなにわかったかな？「あさって」は、いつになっても、「あさって」だと思ってたりして。そしたら、ぼくのたんじょうびは、「あさって」になるまでこないんだ。だけど、あさってになったら、たんじょうびは、そのまたあさってで……）

リスは、めまいがしてきました。

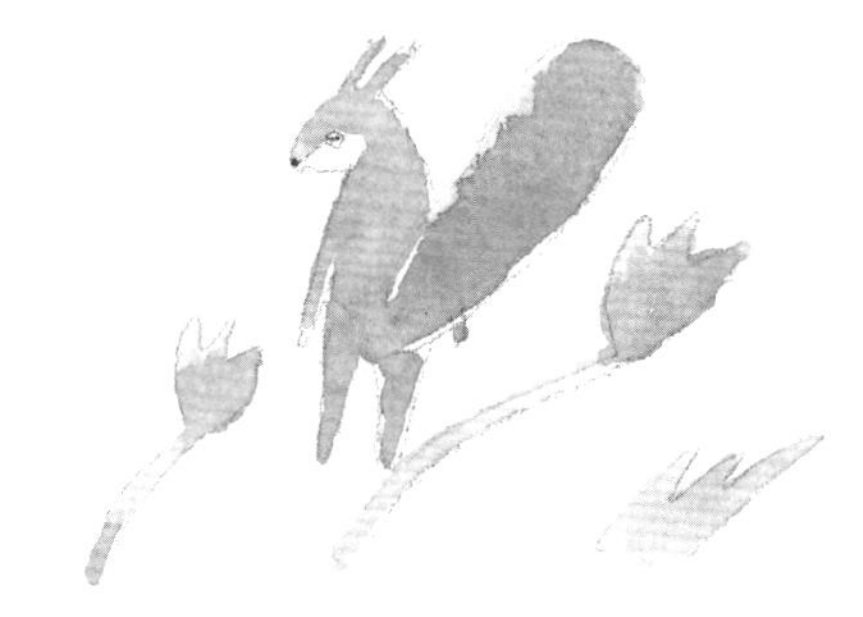

（ひょっとしたら、ぎりぎりになって、みんな、いやになったのかな？　ああ、リスか……きっと、つまんないたんじょうびだろうよ……って）

リスの顔がくもりました。

でも、そのとき、走ってくるクマのすがたが見えました。

「ぼくがいちばん？」

だぼだぼのコートを着たクマは、遠くからさけんでいます。

「うん」

リスは、大声でこたえました。

「どんなケーキがあるのーっ？」

クマは、さけんでききました。

「すごく、たくさんあるんだよ！」と、リスはいいます。「見てごらん」

クマのすぐあとにはコオロギ、そのあとからゾウとカブトムシがやってきました。空からはハクチョウとサギがまいおり、二羽につづいて、ツグミもきました。

川では、カワカマスが水のそとに顔を出し、そのよこでサケがぴょんとはねています。セイウチはといえば、びっくりした顔であたりを見まわし、蝶（ちょう）ネクタイがきちんとしているか、さわってたしかめていました。

「ここかね？」と、セイウチがたずねます。

「うん、ここだよ、セイウチさん。ここなんだ！」

リスは元気よくいいました。

まもなく、動物たちがまがりくねった長い行列をつくり、プレゼントをどっさりもって、森から、青空から、きらめく水から、黒い土のなかから、リスのほうへむかってきました。

　みんなはひとりずつ、リスにお祝いをいい、プレゼントをわたすと、かぞえきれないほどあるケーキのにおいをかいで、両方の手や、つばさや、ひれを、こすりあわせました。そして、「あそこのあのかた、なんてすばらしいかっこうだ……ああ、あんなとくべつなかた、いちども見たことないぞ……」と、みんながじぶんを見て思っていないかどうか、まわりを見てたしかめました。

　だれもがとくべつなかっこうをしていて、だれもがケーキを食べたがり、だれもがうきうきしていました。

　こうして、リスのたんじょうびパーティーは、はじまったのです。

動物たちがひとりのこらずそろうと、リスはコホンとせきばらいをして、ききました。

「みなさん、ケーキを食べたいですか？」

「はーい！」

それからしばらくして、みんなはケーキを食べはじめました。それぞれが、じぶんのお気にいりのケーキを食べました。

森のなかは、しんとしましたが、同時にすごくにぎやかになりました。というのも、音をたてないでケーキを食べられるものは、あまりいなかったからでした。たいていは、がつがつずるずる音をさせたり、ひとくちごとに、むにゃむにゃいったり、うなったりしました。なかには、しょっちゅう息をつまらせたり、ふくらんだり、ひっくりかえったりして、食べつづけるものもいました。

川の水は、ぱちゃぱちゃとはね、水草ケーキがちぎれちぎれに川面を流れてくることもありましたが、まもなく、カワカマスやトゲウオの口のなかに消えました。

モグラは規則正しく地面のうえに頭を出し、深く息をすっては、「おいしくてたまらないよ、リスくん……ミミズもそう思うって!」といい、また地面のしたにもぐりました。

ハクチョウは上品な白いケーキを、まえへまえへとくちばしでおしていきます。ときおり、そのくちばしをつっこんでは、こんなにおいしいものがあるなんてと、びっくりして首をふり、ケーキをさらに先へおしていきました。

トンボはじぶんの水ケーキのうえを歩きまわり、恵(めぐ)みのひとくちを、ときどきちょこんといただきました。

ゾウはあまい木の皮のかけらを、まわりにこぼしていました。巨大(きょだい)なはちみつケーキのなかにはいったクマは、ずいぶんして

から、ようやくそとに出てきましたが、そのときには、のこったケーキよりもっとでっぷりふとっていました。

「おいしい」「たまらないよ」「すごくうまい」「ああ、ああ」と、あちこちで声がします。

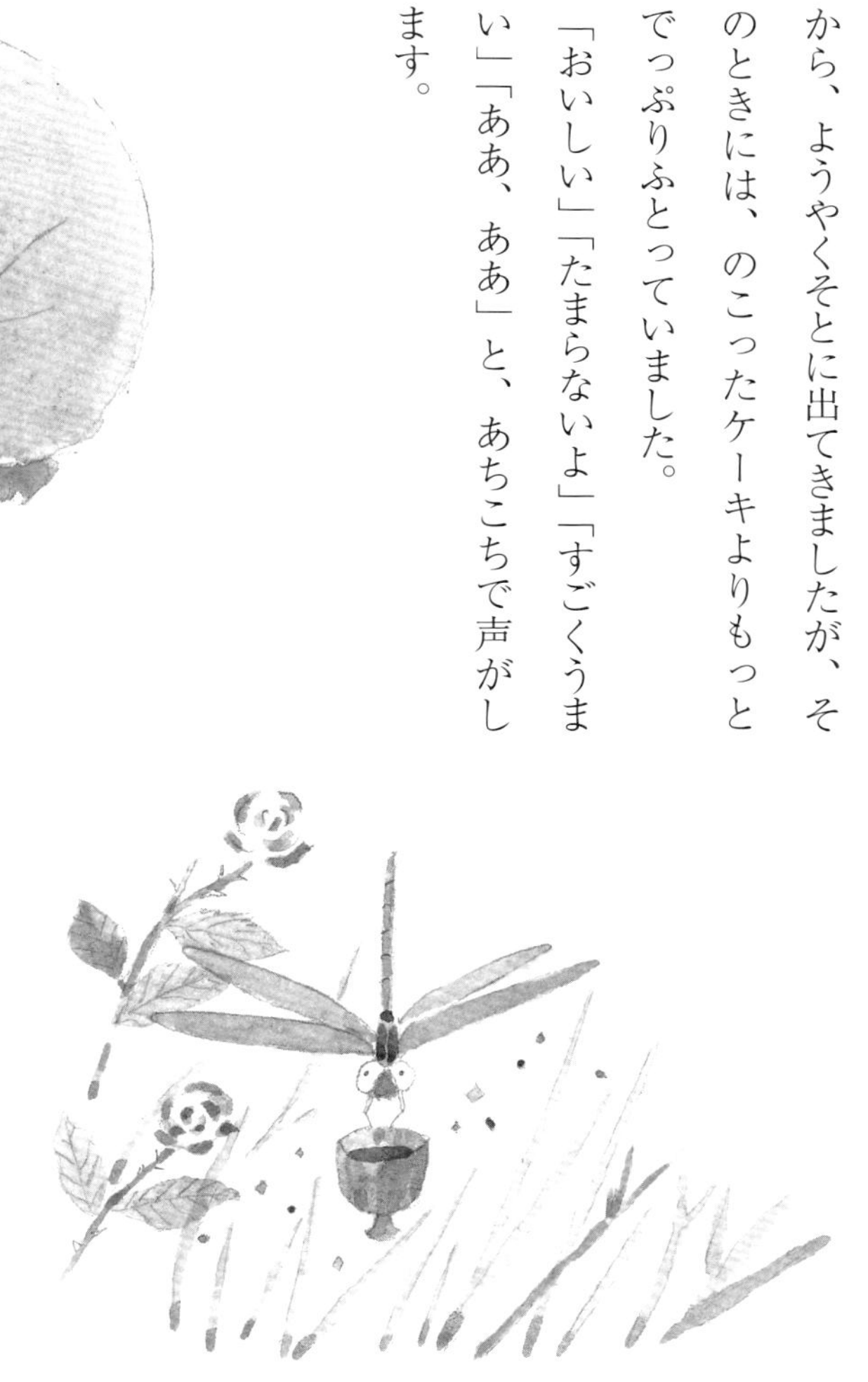

こんなふうに何時間もかけて食べ……さいごには、みんなひっくりかえり、あるいはすべってしりもちをつき、草のなかや、川の底ににあおむけにねそべりました。

なのに半分食べかけのケーキや、手つかずのケーキが、まだそこらじゅうにのこっていました。「もう食べられない……」とつぶやいたり、うめいたりする声がきこえてきます。リスは満足して、あたりを見まわしました。

ケーキは、ひとりひとりみんなに、じゅうぶんあったのです。

めいめいがちょっとねころんで、できるだけケーキのことを考えないようにしていたとき、ゾウがとびおきて、「みんなでおどろうか?」といいだしました。

「どうやるんだっけ? ダンスをおどるんだよな?」

「ごもっとも」

キリンが立ちあがって、ゾウのほうへすすみでます。

カシの木の根もとの、あたたかな厚(あつ)いコケのうえで、ゾウとキリンはおたがいの肩(かた)に腕(うで)をまわして、おどりはじめました。

「これは、ほんとにダンスだなあ、キリン」

ゾウは、ステップをふたつふんだあと、いいました。

「ああ」と、キリンもうなずき、頭をゾウの首にもたせかけます。

まもなく太陽がしずみ、大きな赤い月が川のうえにのぼるころには、だれもがおどっていました。カブトムシはべつの甲虫(こうちゅう)と、カメはカタツムリと、コオロギはカエルと、ダチョウ

はサギとおどり、ときどきあいての足をふみながら、カバがサイとおどっていました。
　水のなかでは、カワカマスがコイとおどっています。
　バラのしげみのなかでは、マルハナバチがチョウとおどり、空高くではツバメがコウノトリと、そしてブナの木の根もとでは、アリとリスがおどっていました。
　ツグミとクロウタドリとサヨナキドリは、ブナの木のまんなかあたりの枝にとまって歌い、キツツキは木のてっぺん近くのどこか高いところで、規則正しく木をつついていました。けれども、鳥たちは、歌ったりつついたりしているあいだも、足を順番にうごかして、おどっていたのでした。

鳥たちがすこし新鮮な空気をすいたくなって出かけていった、遠くの海では、トビウオとエイがおどっていました。二ひきは、水のそとへ高くとびだしては、くるっとまわり、波のなかへパシャンと優雅にまいもどりました。

地面のなか、ブナの木の根っこのあいだでは、モグラとミミズがおどっていました。ふたりのへんてこなステップのせいで、地面はゆれたり、ふるえたりしました。

ありとあらゆる動物たちが、おどっていたのです。

みんなはうきうきと、きびきびとおどりましたが、そのおどりは、ときにはゆっくりときまじめになり、なかにはおどりながら、わけもわからず、ちょっと泣いてしまうものもいました。それは、とても満足していたからでした。

こうして、みんなは何時間もおどりました。

その日の夜おそく、動物たちはみな、家にかえっていきました。

「ありがとう、リスくん」

みんながひとりずついいました。

「たのしいパーティーだった？」

リスはたずねます。

「うん」と、それぞれがいいました。「すごく、たのしかった」

だれもがくたびれていて、よろよろと足をひきずりながら、歩いていきます。地面から、なかなか起きあがれないものもいました。

モグラはゆっくりと地中深くに体をしずめ、すっかり太ってしまったキクイムシは、古い木のかけらに、ずいぶん苦労（くろう）してもぐりこみました。

カワカマスは泳ぎさり、セイウチも行き先がわからないまま、どこかへ泳いでいきました。行き先がわかったことなんかないさ、と思いながら。

セイウチの首もとでは、ほどけた黄色い蝶ネクタイがゆれていました。

ツチボタルはかがやくのをやめ、カバはあくびをしてのびをすると、木のしたのやぶにすがたを消しました。

はちみつケーキがまだどこかにないかと、クマはもういちど、あたりをよく見まわしました。ケーキのくずが見つかると、両目をつぶり、それが巨大なはちみつケーキだと思って、大きくひらいた口のなかにほうりこみました。そして「ああ、おいしい。すこしちっちゃいけど、たまらない」と、つぶやくのでした。

とうとう、そのクマも家にかえりました。

「さよなら、リス」さいごまでのこっていたアリが、いいます。

「さよなら、アリ」リスもいいます。

「じゃあ、もう、行くから」と、アリがいいました。

リスはうなずきました。

そのあと、なんといったらいいのか、リスにはわかりませんでした。そして、カシの木のむこうに、すこしずつ消えていくアリを見送りました。

森の空高くに月がのぼり、川はきらめいています。

あたりは、とても静かでした。

リスは、月明かりに照らされたブナの木の根もとに、プレゼントにかこまれて、すわっていました。

いいたんじょうびだったな、と、リスは心のなかでつぶやきました。

（ぼくはすごく幸せだ、そう思うよ）

しばらくのあいだ、リスはしずまりかえった森のなかで、ひとり、すわっていました。うすいもやが地面を低くおおい、しげみをつつんでいきます。

それからリスは、プレゼントの山を腕にかかえ、せなかにもせおって、ブナの木をのぼっていきました。そして、体をドアにおしこむと、家のなかへはいりました。

（ぜんぶうまくいったのかな？）と、リスは思いました。（ちがう種類のケーキが、みんなにひとつずつ、ちゃんとあったかな？　だれか、わすれてなかった？　ぼくはなにか、わすれてたんじゃないかな？）

リスはもらったプレゼントを、床におろしました。そして、満足していないだれかがいたんじゃないかと、思いかえしました。

（たとえばサイとか？　じゃなかったら、カタツムリ？　カタツムリは、たのしんでくれたかな？　いまどこかで、だれかがベッドにはいって、「あのたんじょうびパーティー、ほんとは気にいらなかったよ」と、考えてたりして？）

リスは、パーティーにきてくれた、ひとりひとりの顔を思いうかべました。

（いや、ぼくの考えじゃ……みんなが満足してた）

リスの部屋は、どこもかしこもプレゼントでいっぱいでした。リスはあたりを見まわし、〈ブナの実〉の紙きれを見つけました。うん、そうだ、と思いましたが、戸だなへは行かず、その紙をかべからはがすと、テーブルのひきだしのなかにいれました。しばらくしまっておこうと考えながら。

そして、もういちどあたりを見まわしたあと、テーブルのはじっこにすわり、両足をぶらぶらさせました。

するととつぜん、じぶんがなんだか、悲しく感じているように思えたのです。

(そんなの、ありえないよ！)と、リスは思いました。悲しくなることなんか、なにもないはずでした。

「ううん」と、リスは大声を出しました。「これは、悲しいんじゃなくて、なにかべつの気持ちなんだ」

けれども、リスにはそれがなんなのか、わかりませんでした。

そのとき、しげみのおく深くで、アリの声がひびきました。

「リス！」

リスは、プレゼントでいっぱいの部屋（へや）になんとか通り道をつくり、窓（まど）をあけると、したをのぞきました。

「やあ、アリ！」と、リスはよびかけました。

アリはブナの木の根もとに立っていました。うえを見て手をふっています。でも、どうしてそこに立っているのか、じぶんにもよくわからないようでした。

「たのしいパーティーだったって、もういちど、つたえたくなってね」

アリは、おずおずといいました。

「うん」と、リスはこたえます。

「すごく、たのしかった」と、アリ。

「うん」

しばらく、あたりがしんとしました。

アリは、足で地面をこすっていました。そして「ねむれないんだ」と、いいました。

「ふうん」と、リスはこたえました。（アリになにかあまいものでも出してあげようか）と思いましたが、いい考えではないような気がしました。

「きみもねむれないのかい？」アリはききました。

「うん」と、リス。

あたりがまた、しんとしました。

「そろそろ家にかえろう」しばらくして、アリが口をひらきました。「でもね、リス。ほんとに、すごくたのしいパーティーだった」

「うん」と、リス。

「じゃあまた」アリがいいました。

「じゃあね、アリ」リスはいい、アリがとてもゆっくりと、ひと足ごとに体をすこし左右にゆらしながら、暗やみのなかを去っていくのを見つめました。

（アリは、きっと、なにか考えごとをしているんだ。ぼくにはわかるよ）

リスは思いました。

するとリスは、さっきまでとはちがう、いままで知らなかった、たとえようがない気持ちになりました。

（なんだかふしぎな感じだ）と、リスは心のなかでおどろきました。

それから肩をすくめると、ふうっとため息をつき、プレゼントをわきにやって、ベッドにはいりました。

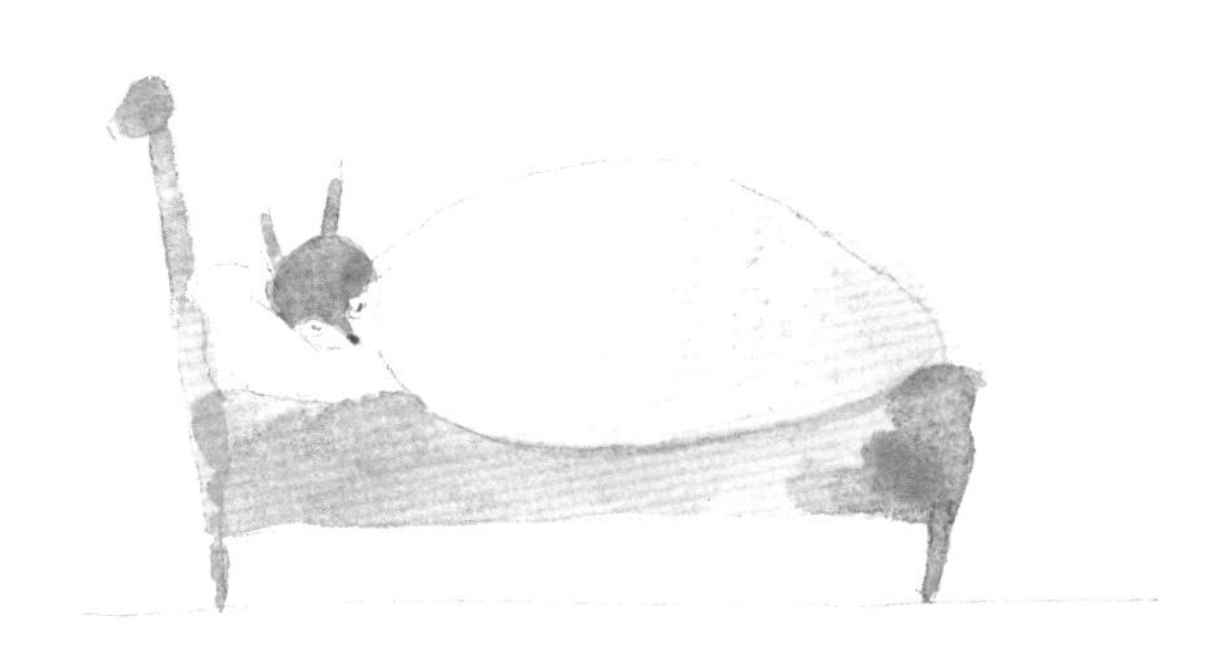

リスがねむるうちに、月はかたむき、夜が起きあがって、森じゅうをしのび足で歩きはじめました。夜は、低いしげみをざわざわいわせ、木々の葉に風を送ったりしました。ブナの木のしたで、リスがもってあがれなかったプレゼントにつまずいて、ころんだりもしました。そこには、まだあけていないプレゼントもあって、そんなプレゼントは知りたがりやの星たちの光のもとで、きらきらとかがやいていました。

夜は夢見るような足どりで、動物たちがおどっていた空き地をぬけていきました。空き地はいまはしんとしていて、草の葉先にはさいしょの朝つゆがついています。

夜はかろやかに歩きましたが、地面をきゅうにふみならすこともありました。ゆるゆると深くねむるカタツムリのとびらのまえで、ドンと地面をふんだあと、モグラの頭のうえの地面をドシンとならしたので、モグラは土のしたの雷(かみなり)の夢(ゆめ)や、なにかがこわれる夢(ゆめ)を見ましたが、そのあとまた、あまい暗やみのなかにもどっていきました。

川までくると、夜は、水にはいりました。さざ波をまたいですすんだあと、葦(あし)のあいだでパシャパシャと波をたてたせいで、カエルはぎょっとしてひととき目をさまし、のびをしました。それから、わけのわからない鳴き声をあげて、ふたたびねむりにつきました。カワカマスはねむそうな目でうえを見ると、ああ、夜か、と思っていました。

川のむこう岸につくと、夜は、クロイチゴのやぶのなかにいたツチボタルに、「いいから……おやすみ……」とささやいたので、ツチボタルはねむりについて、光をともしませんでした。

こんなふうに夜は、リスのたんじょうびのあと、森をひたひたと通っていき、ひとりひとりに夢を見させ、ほんのちょっと起こし、またねむりにもどしたのでした。

夜はときどき、ふきげんな声をあげましたが、悪気があったわけではありません。

地平線のむこうの太陽が低くたなびく雲を照らしはじめ、空がわずかにピンク色とオレンジ色に染まりはじめたころ、夜はどこかへ去って、消えました。

そしてみんなは、まだねむっています。

カタツムリのたてまし

「朝、目をさますと、
いつもツノがいたいんです」
カタツムリがいいました。
「え、そうなの？
わらっちゃうな！　わたしもなんだ。
つきさすようないたみなんだよ」
キリンがいいました。
「ええ、火をつけられたみたいに、いたくて」

と、カタツムリ。

「まるで、だれかにツノを強くひっぱられているみたいだ」と、キリン。

「うん、ほんとに、そんないたみですね」

ふたりは、うなずきあい、朝起きたときのいやな感じがいっしょだとわかって、うれしくなりました。

「だってほら、この感じは、スズメには説明できないだろ」

キリンはいいます。

「だめですね。カメにだってむりです」と、カタツムリもいいました。

「カメとは、たてまし、い、い、たてましの話ならできますけど」

「たてまし、だって？」

キリンはそうききなおし、「なんだい、そりゃ？」と、目をまんまるにしておどろきました。

「うーん……」

カタツムリは、ゆっくり、もったいぶった声でいいました。

「すごくむずかしいんです。説明するのは」

キリンも、説明するのがすごくむずかしいものを、なにか思いつこうとしました。でも、そうすぐには見つかりません。

ぶつぶついいながら、キリンは立ちさりました。


カタツムリは、このあいだ、カメと長話をしたのでした。ふたりとも、じぶんのすんでいるところがせますぎる、と思っていました。とくに雨の日、だれかがやってきたりすると、せまくてしかたがありません。

カメは、日よけのついた小屋がほしい、と思っていました。

（でも、どうやってその小屋を運ぼう？）とカメは考え、（そうか、よこに、でっぱりをつけてひっぱればいい）と思いつきました。

カメには、それが名案のように思えました。

いっぽうカタツムリは、ひとつうえの階をつくるほうに、気持ちがかたむいていました。

その朝、キリンと話をしたあと、カタツムリはきゅうに、たてましをしようと決心しました。まだ朝早くでしたし、うえの階をひとつ、ふやせばいいだけなのです。

夕方になるまえに、たてましはおわりました。うえの階の正面には、小さなベランダまでついています。

「だれかが遠くからきても、ちゃんと見えるように」

カタツムリはひとりごとをいい、すごく幸せな気分でした。

その夜、カタツムリはたてましのお祝いに、パーティーをひらきました。あつまった動物たちはひとりずつ、ベランダに立たせてもらい、したにいるみんなに手をふりました。

「やあ！」と、ほかのみんなも、元気よく返事をしました。

おしまいのほうで、キリンがベランダに乗りました。体をぐうっとまえにたおして、キリンは首を地面すれすれのところまでのばしました。それから首をふって、フラミンゴをよんだのです。

「ダンスの話をしようか？」と、キリンは大声を出してききました。

「いままでいちども、その話ができなくてね。なにしろ説明するのは、すごくむずかしいんだ……」

けれどもカタツムリは、キリンのいうことを聞いていません。したの階に行って、うえとのしきりのドアを、ちょうどそのときしめました。

カタツムリは満足して、思いました。

(ここなら、だれも話しにこない。ここは、これから、ぼくだけがいられる場所なんだ)

そして、そとでは、パーティーがまだにぎやかにつづくなか、カタツムリはのっそりと、じぶんのベッドにはいりました。

ほこりがひとつ

森のはずれの、バラのしげみのしたに、マルハナバチが店を出していました。小さな小さな店には、ショーウィンドウもカウンターもありません。とはいえ、売るものは、たくさんありました。ほとんどだれも必要としないものばかりでしたが……たとえばマツの葉、タンポポの綿毛、水のしずく、とがった草の葉、カバの木の皮、しおれたヤナギラン。それにほこりもいくつか、ならんでいました。

「なにか売ったことはあるの？」

そうきかれるたび、「ときたまね」と、マルハナバチはこたえるのでした。

さてある日、ヒョウのパーティーがあり、ヒョウはずばぬけて品のいい動物だけを招待しました。――なので、ゴキブリやミミズ、ヒツジバエはよびませんし、カバも、リスも、アリもよびません。でも、スズメバチ、ハクチョウ、コブラ、フラミンゴ、マス、それにキリギリスはよばれました。

その日のお昼すぎから、キリギリスは鏡のまえに立ち、じぶんがちゃんと上品に見えるかどうかたしかめていました。ジャケットの折りかえし部分をまえによせたり、肩をうしろにひいて胸をはったり、なんどもなんども触角をみがいたり、くちもとに品のいいほほえみをうかべたりして。

だけど、とキリギリスは、じぶんがヒョウの家にはいるときのことを思いうかべて、こう考えました。

（ぼくには、まだなにかたりない。おごそかで、紳士らしいものが……）

キリギリスはとつぜん、それがなんだか気がつきました。そして、あたりを見まわし、ひきだしをあけ、たなのうえにとびのり、かびんのなかをのぞき、額のふちを指でこすりました。

けれども、さがしているものは見つかりません。

キリギリスはいそいでそとへ出ると、さいごのさいごに招待されて、上着にアイロンをかけているツバメにたずねました。

けれどもツバメも、キリギリスの力にはなれません。キリギリスはマルハナバチの店へ、走っていきました。

そして、はあはあ息をきらしながら、店にころがりこみました。

「どうしても、ほこりがひとつ、ほしいんです」

キリギリスはいいました。あわてたせいで、触角がふるえています。

「ほこりねえ……」と、マルハナバチは考えこみながらいいました。

「たしか、あとひとつ、のこってたと思うよ」

マルハナバチが、キリギリスを店のすみへつれていくと、灰色の小さなほこりが、〈せきをしないこと〉という立てふだのかげに、おいてありました。

キリギリスは、そのほこりをじっくりながめたあと、いいました。

「できれば、もうすこし、軽いほこりをえらびたいところですが……まあいいか、これをいただいておきましょう。おいくらですか？」

「さあてさて」と、マルハナバチ。「……これはね、ひと財産(ざいさん)するよ」

キリギリスは、ざんねんなことに、ひとざいさんがいくらなのかわかりません。そもそも、お金をぜんぜんもっていませんでした。

でも、とキリギリスは考えました。

（今夜は、おおぜいの上品なかたたちにお会いするんだもの。ざいさんをいくつかもっていて、そのひとつをわけてくれるかただって、きっとあるよ）

「ひとざいさんは、あしたの朝、おわたしします」と、キリギリスはいいました。

「ああ、わかった」

マルハナバチはこたえ、よろこびのあまり、天井までまいあがって、またおりてきました。

キリギリスは、手にいれたほこりをもって、お店を出ました。

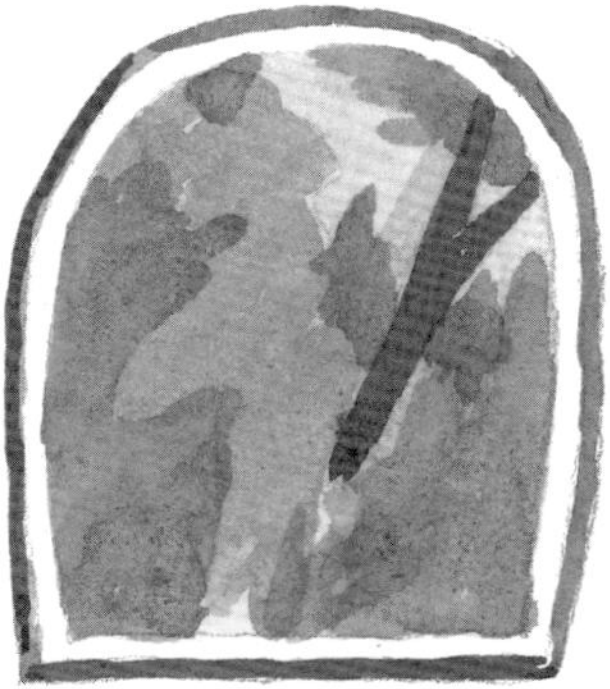

その夜、キリギリスは、ヒョウがパーティーをひらいている会場にはいりました。そしてドアのところで、ほんのちょっと立ちどまり、出席しているみんなに目をやりました。すると、かっこよく窓のそとを見つめるフラミンゴや、枯れ葉そっくりのガをあおいで、おでこをひやしているガゼルのすがたが見えました。それから、いっしょうけんめい考えを深めようとしているハクチョウのすがたもありました。

ヒョウはむかい側にいたアカシカに、「ちょっとしつれい」というと、キリギリスのほうへやってきました。

「キリギリスくん！　ようこそ、ようこそ」と、ヒョウはいいます。

そして、握手をしようと、あいそよく前足をさしだしました。

キリギリスは、わかるかわからないかぐらいうなずき、同時に首をちょっとよこにかしげました。そのあとかろやかな身ぶりで、じぶんの肩から、あのほこりをはらいました。紳士らしく、おだやかにほほえみながら。

サイのほしいものリスト

ある日、コオロギは、「ほしいものリスト」をつくるお店をひらきました。というのも、たいていの動物は、じぶんのたんじょうびにどんなものをたのんだらいいか、ぜんぜんわからなかったからです。

コオロギは、カウンターのうしろのいすにすわり、両手をこすりながら、さいしょのお客さんを待ちました。

さいしょのお客さんは、来週たんじょうびをむかえるのに、なにがほしいのかわかっていないサイでした。

「なるほど！」と、コオロギはいいます。

そして、紙を一枚出すと、

〈サイのほしいものリスト〉

と、書きました。

そのあと、カウンターのそとに出てきて、サイのまわりを、なんどか歩きました。ひとりごとをつぶやきながら、サイのかたほうの耳をひっぱったり、耳のうしろをながめたりしたあと、コオロギはまたカウンターのうしろにもどりました。

そして、ほしいものリストに、

〈草ケーキ〉

と、書きこみました。

「草ケーキ？」

サイがききます。

「ええ、そのケーキを、このわたしからさしあげるんです。キンポウゲと、あまいクローバーがはいった、歯ごたえのある草のケーキでしてね」

「いいね。そこにアザミも何本か、い

れとくれ」

コオロギはそれからずいぶん長いこと考えこみ、目をかたくとじて、せきばらいをしたあと、草ケーキのつぎにこう書きました。


〈いろいろいっぱい〉


「こりゃなんだ?」と、サイがききます。

「わからないんですか?」と、コオロギ。

「ああ」と、サイ。

「ふうむ」と、コオロギはいいました。

「だったら、かんぺきです。なぜなら、あなたには、なんだかわからない。だから、いろいろいっぱい、ってことなんです」

サイはうれしくなって、うえへしたへととびはねたので、サイの着ている上着（うわぎ）が、体じゅうでパタパタとゆれました。

サイは、ほしいもののリストをもってかえって、みんなに見せました。草ケーキは、だれにもらうかもう決まっていたので、線で消してありました。

一週間後にたんじょうびがきて、サイはアザミのはいった草ケーキを、コオロギからもらいました。そのうえほかの動物たちから、いろいろいっぱいもらって、サイは大よろこびでした。

ケーキぎらいのためのケーキ

　ある朝、森のはずれを歩いていたリスは、ライラックのしげみのなかに、ケーキを見つけました。

（ケーキが、ただなんとなく、ふつうの朝にあるなんて。食べたいなあ、これ！）

と、リスは思いました。

　リスはケーキのまわりを、ぐるりと歩きました。それはブナの実のケーキで、クリームと赤ざとうがかかっていました。おいしそうな、あまいにおい

がただよってきます。

（いったいだれのケーキだろう？）と、リスは考えました。すると、ケーキのうえに、カードがあるのに気がつきました。

〈このケーキは、食べたくないかただけに、さしあげるケーキです〉

（ありゃあ、それはざんねん）と、リスは思いました。そして、深いため息をつくと、ちょっとためらっていましたが、「だめ、だめ」と、ひとりごとをいい、もういちどため息をついてから、立ちさりました。

リスはそのあとも、なんどか、うしろをふりかえりました。ケーキは、ライラックのあいだで、きらきらしているように見えます。

（どうしてぼくは、いつもいつも、ケーキが食べたいんだろう……）

リスはそう思いました。

先へむかいながら、リスは、どうしたらケーキが食べたくないようにできるか、考えてみました。（でも、もし、もともとケーキが食べたくなかったら）と、リスは思います。（ケーキなんか、ほしくないわけだし）

そう考えていると、めまいがしてきたので、リスはほかのものについて考えようとしました。

そして、つぎつぎとできるだけ速く川のことを考えました。

（川のことにしよう！）

川の水、川に立つ波、川の水しぶき、川のかがやき。

リスは草のなかにすわりました。すると川は、すぐ目のまえでした。

すこしたつと、コイが川から顔を出し、雨や浮草（うきくさ）のこと、月の光や、水にぬれるってどんなことか、リスに話しはじめました。

「ぬれるのなんか、なんでもないさ」と、コイはいいました。
日の光がさすなか、リスはコイの話を聞いていました。
けれどもとつぜん、こうさけんだのです。
「ぼく、ケーキなんかもう、ぜんぜん食べたくないよ!」
そして、ぴょんと立ちあがると、走りさりました。
コイはびっくりして、リスを見送りました。

「これでは、リスがわたしの意見に賛成かどうか、わからないな……」

コイはそうつぶやき、がっくりしたようすで、水のなかにもぐっていきました。

リスは、ケーキがあった森のはずれにむかって走っていきます。けれども、そこにつくまえに、ときどき足をとめて悲しそうにため息をつきました。

（ぼくは、やっぱり、ケーキが食べたい）

そう思ったのでした。どうしようもありません。

リスは、とにかく、あのケーキをちょっと見にいくことにしました。

するとそこで、アリに会いました。アリは暗い顔で、ケーキのまわりを歩き、ときどき何歩かうしろにさがると、じぶんの鼻をぎゅっとつまんで目をつぶったまま、ケーキに突進していました。でも、そのたびにケーキのすぐ手前で立ちどまり、首をよこにふっています。

「やあ、アリ」と、リスはいいました。

「こりゃサイテーの日だよ、リス」

と、アリはいいます。「サイテーの日だ」


ふたりは、ケーキから何歩かはなれて立ち、だまったまま、はちみつのにおいをくんくんかいだり、ぶあついクリームや、ケーキのてっぺんにある、あまいさとうのかかった塔をながめたりしました。

「もう見たくないんだ、こんなケーキ。でも、なのに……」と、アリ。

「行こう」と、リス。「このケーキは、ぼくたちにとって、いいことないよ」

「そうだな」と、アリもいいます。

ふたりは、考えこみながら立ちさりました。

けれどもしばらくしたあと、舌つづみをうつ大きな音が聞こえ、リスとアリがふりかえると、ゾウが大きな口で、ケーキをぱくぱく食べているのが見えました。

「あのカード、読まなかったのかい？」

アリは足をふるわせ、かんだかい声でさけびました。

「読んだぞ」と、ゾウがいいます。「おれ、こんなケーキ、ぜんぜん食べたくない。ブナの実のケーキなんか……ぞっとする。おいしい木の皮がはいってたら、よかったのに。ぜんぜんちがうんだ。ただあまいだけ、しかもブナの実だらけ。ふう……なんてケーキだ！」

そしてゾウが、いやそうにときどき顔をしかめながら、ケーキを食べるようすを、リスとアリは、遠くからながめていました。

「気のどくだなあ、ゾウも！」と、アリは大声をあげます。

「ごちそうをたのしんで」

リスはそう声をかけたくなりました。でも、よく考えたあと、なにもいいませんでした。

マッコウクジラとカモメ

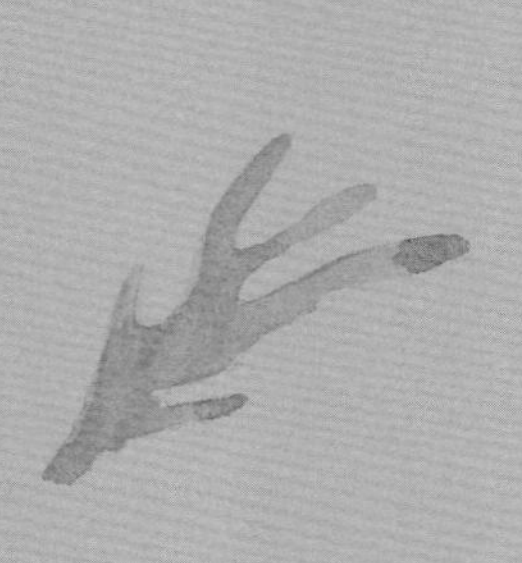

大海原のはるかかなた、海の谷底近くの岩と岩のあいだに、マッコウクジラがすんでいました。マッコウクジラは深い海のなかで、じっとしたまま、まっすぐまえを見つめていました。なにかを見のがしてはいけない、と感じていましたが、それがなんなのかはわかりません。マッコウクジラは、いままで目をつぶったこともありませんでした。（いちど、あたりをぐるっと見まわしたら、どんなだろう）と、思うときもありました。

マッコウクジラはひとりぼっちでそこにすみ、お客はめったにきませんでした。よく考えてみると、じつはお客がきたことなどなく、ほかのだれかが、立ちよったこともありませんでした。ほかのものが、どんなすがたをしているのか、それさえマッコウクジラにはわからなかったのです。

ときたまため息をつくと、海の底の砂がまいあがり、まわりの水がにごってしまいました。マッコウクジラは、まえが見えなくてはあぶないと思って、じぶんにいいきかせました。

「おねがいだ、あんたはなにをしてもいい。でも、ため息だけはやめてくれ」

けれども年月がたつと、マッコウクジラは、ふと、そのことをわすれて、またため息をつきました。そして「おい、またやってるぞ！」と、じぶんにいうのでした。目にチクチクする砂つぶにうんざりしながら。

「ちゃんと、いいきかせておいたのに……」

マッコウクジラは、海の底で、じぶんは永遠にここにいるんだと思っていました。

ところがある日、うまくしずむように石の重しをつけた一枚の紙きれが、海のなかをただよい、ゆらゆらとしたにおりてきました。紙きれは、海の底にいたマッコウクジラの目のまえに、おちました。

（こりゃ、なんだ？）
マッコウクジラは考えました。
（手紙か！　手紙なんて、いままで見たことないぞ）
マッコウクジラは、その紙きれをひらきました。
すると、さいわい、マッコウクジラには中身が読めるようでした。

マッコウクジラさんへ

あなたがほんとにいるのかどうか、わたしにはわかりません。
でも、わたしのパーティーにご招待(しょうたい)します。
あした、海岸で、みんながあつまるパーティーです。
あなたが、もしほんとにいるのなら、きませんか？

カモメ

マッコウクジラはあんまりびっくりしたので、深いため息をつき、そのせいで、いっしゅん世界がぜんぶ見えなくなりました。でも、マッコウクジラには、気になりませんでした。というのも、たったひとつのことで頭がいっぱいだったのです。

（パーティーか……つまり、そこでだれかに、出会うんだ！）

マッコウクジラは、だれかに会ったとき、それがだれかだってわかるだろうか、と思ったり、なにかもっていかないと、なにかしないといけないのかな、と考えたりしました。

ななめまえには、赤くかがやくサンゴの枝がおちていて、マッコウクジラは（これをきれいだと感じるだれかが、いるかもしれない）と思いました。それで、むなびれのしたにサンゴをはさむと、海岸のほうへ泳ぎはじめました。

マッコウクジラは、もういちど、うしろをふりかえりました。そして（ここにもどってこられるだろうか）と、考えました。というのもパーティーがどんなものか、どのくらい長くつづくものなのか、わからなかったからでした。（ひょっとしたら、パーティーは永遠におわらないかもしれない）

マッコウクジラはそんなふうにも思い、「そうだなあ、行ってみればわか

る さ」と、ひとりごとをいいました。
こうして、深い深い海の底から、海岸をめざして泳いでいったのです。

マッコウクジラは、夕方まだ早くに海岸につきました。うちよせる波から顔を出すと、海岸ぜんぶが、海草や藻や貝がら、それに見たことのないいろんなもので、かざられているのがわかりました。空高くにのぼった月や、星も見えました。

それからマッコウクジラは、生まれてはじめて、両目をしばらくとじました。どうしてそうしたのか、じぶんにもわかりません。目からなにかがこぼれ、ほおを流れました。

（へんだな、どうしてだろう）と、マッコウクジラは思いました。

（おまけに、わたしのなかで、どきんどきんしているものはなんだろう？）

カモメがそのすがたに気がついて、「マッコウクジラさん！　あなたなんですね！」と、とんできました。

（つまり、あれが、だれかなんだ）と、マッコウクジラは思いました。

そして、カモメにつれられて波うちぎわへ行き、くぼみのなかに席をとりました。その夜、マッコウクジラは、サメやほかのクジラ、エイに出会い、アジサシやアホウドリを見かけ、さらに夜がふけたあと、アリにも会いました。

このことを、よくおぼえておこう。マッコウクジラはそう思いましたが、なんのためにおぼえておくのか、じぶんにもわかりませんでした。

　まよなかになると、パーティーはさいこうにもりあがり、カモメはマッコウクジラに、「いっしょにおどりませんか」と、たずねました。

「では」と、マッコウクジラはこたえました。

　ふたりは、せすじをのばします。マッコウクジラが、むなびれをカモメの肩にのせると、カモメはつばさのかたほうを、マッコウクジラの腰にまわしました。

ふたりはダンスをはじめました。だまったまま、きまじめに。月の光のふりそそぐ海岸で、ゆったりとうちよせる波の音にあわせて。

（こんなダンス、いままで、いちどもなかったよ）

だれもが息をのんで、そう思いました。

カモメとマッコウクジラは、砂丘まで行ってはもどったかと思うと、こんどは波うちぎわにも行き、海岸をぜんぶつかっておどりました。ふたりはダンスのしめくくりに、空中に消えてしまうぐらい高くとびあがりました。そして、そのあとまた、ぬれた砂のうえにドシンともどってきました。

（たぶん……わたしは、いま、幸せなんだ）と、マッコウクジラは思いました。

海岸のまんなかで、カモメのパーティーをしているこのよなかに、ときが止まってもわたしはかまわないと、感じていました。

ごちそうのならんだテーブル

　ある晴れた朝、リスとアリは、森のなかを散歩（さんぽ）していました。アリは歩きながら、どうして太陽はかがやいているのか、どうして雨は葉っぱの形にはならずに、しずくの形になっておちてくるのか、リスに説明（せつめい）しました。リスはうなずいたり、ときどき、「うん」といったりしましたが、べつのことを考えていました。

　ふたりはだんだん、森のなかでもよく知らないところにやってきました。

「でも、どこにいるかは、ちゃんとわかってるんだ」

アリがいいます。

「きみは、なんでもわかってるね」と、リス。

「まあ、だいたい」

アリはそのあとつづけて、こういいました。

「ところで、どうして木はよこにむかってじゃなく、うえにむかってのびるか、知ってるかい？　よこのほうが、かんたんそうだろ？」

リスには答えがわかりませんでした。でも、あとすこしでわかったのに、というところで、ふたりは小さな野原に出ました。見おぼえのない場所でしたし、そこにだれがすんでいるのか、ふたりは知りませんでした。

すると野原のまんなかに、食事のしたくのできた大きなテーブルがありました。テーブルには、大皿やコップや、おいしそうな料理が山ほどはいった深皿がいくつもならんでいます。ゆげをたてている料理、発酵をつづけている料理、くるくるとあまいにおいをはなっている料理もありました。

「うーん!」と、アリはいい、指をすぐつっこまないように、がまんしなければいけませんでした。

テーブルには、だれのすがたもありません。

「こんにちは！」と、リスは声をかけます。

「なにかのお祝（いわ）いかい、おめでとう！」と、アリも声をかけます。

「だれかいますか？」

リスがたずねました。

「もう、食べてしまおう！」

さとうをぱらぱらまぶしたクグロフケーキに目をむけて、アリはさけびました が、リスがやっとのことで、ひきとめました。

風もなく、日の光はかがやき、さとうはとけ、見わたすかぎり、だれのすがたもありません。

「じゃあ、三までかぞえるぞ」

アリがいい、すぐに一、二とかぞえだしました。

「えっ、それでだいじょうぶなの」と、リス。

「……三！」

アリはそういうと、あとはなんにも耳をかさず、ぜんぶ味見をしました。

すこしおくれて、リスもひとくち、食べました。

こうしてふたりは野原に腰をおろし、しばらくのあいだ、ごちそうを味わいました。ようやく立ちあがって、のろのろと家にかえる気になったころには、日はもうかたむきはじめていました。

と、とつぜん、声がしました。

「ありがと」

ふたりは、あたりを見まわしました。

するとトンボが一ぴき、しげみの草のくきに、ほとんど見えないようにかくれてとまっていたのです。

「ああ、ごめんなさい、つい……」

リスがいいました。

アリも、ごめんなさいのほかには、なんにもいえません。

「あのね」と、トンボが話しはじめました。

「あたし、あれじゃ少なすぎるかな、たいしたものじゃないかなと、毎年いつも心配なの。それでかくれてるの。だれも、なにも食べようとしなかったり、おいしいと思ってくれなかったら……ええと、あたしはいないほうがいいの」

「ああ、知らなかった、トンボさん」と、リスはいいました。

トンボは顔を赤らめて、一歩うしろにさがりました。そして早口でいいました。

「あたしのたんじょうび、あとはひとりでお祝いするわ」

「あした、プレゼントをもってきます」と、リス。

アリも、すこしぎくしゃくしながら、うなずきました。

「トンボさんの、すきなものはなんですかあ?」

リスは大声でききました。

けれども、じぶんのたんじょうびの夕方、夜はまだこれからだというのに、トンボはもう、しげみの葉っぱのかげにかくれていました。

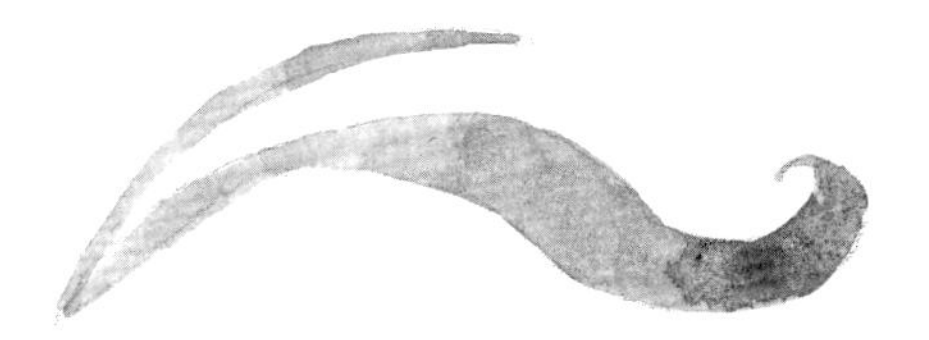

仮装(かそう)パーティー

しょっちゅうそうだったように、森ではまた大きなパーティーがありました。そして、かならずそうだったように、それはこれまでのどんなパーティーより、大がかりなパーティーでした。パーティーをひらいたのはゾウで、みんなは、仮装(かそう)して行かないといけませんでした。

リスはしばらく考えたあと、アリになって行くことに決めました。アリのことなら、とてもよく知っていますから、アリそっくりになるのは、じつにかんたんでした。

でも、パーティー会場にはいろうとしたとき、ゾウにひきとめられました。

「アリさん、ここにはいるなら、仮装(かそう)してこなけりゃ」

「だけど……」

「だめだめ。だけど、っていうのはなし。家にかえって、あんただってわからないかっこうをして、ここにもどっておいで。なにしろ、おいしいサトウキビも用意してあるんだ……」

（いいなあ、サトウキビか）と、リスは思い、がっかりしながら家へもどりました。鏡のまえにすわって、しばらく考えこみました。そうして、こんどはスズメバチになって行くことに決めました。いままでなんども、スズメバチとならんで木の枝にすわったり、花をおとずれるスズメバチについていったりしたことがあって、あの黄色と黒の服はすてきだなあ、といつも思っていたからです。（たしか、あんなのがあったんだけど）と、リスは考えました。そして、ブナの実の皮とマツヤニをつかって、できるだけいそいで、おしゃれなスズメバチ・スーツをつくったのでした。

けれども、また、おいかえされました。

「スズメバチさん」と、ゾウ。

「ここにくるなら、仮装してこなくちゃ。アリさんも、ちょうどさっき、おかえりいただいたところだ。あんただけ、とくべつってわけにはいかないんでね」

「だけど……」

「アリさんも、だけど、っていってたよ。いいわけはなし。こんどのは、これまでのどんなパーティーより大きなパーティーでね。ふだんのままできて、だいなしにしてほしくないんだ。仮装(かそう)しておいで。なんでもいいんだから」

リスは、しょんぼりと家にむかいました。パーティーに行く気なんかもうありませんでした。時間だっておそくなってしまったし、おいしいごちそうも、あらかた消えてしまっているでしょう。

ムカデのたたくたいこの音が、はるかに聞こえてきます。

山盛りケーキのお皿がずらりとならんだテーブルのよこで、ミミズがダンスしているところを、リスは思いうかべました。そして、きゅうに足を速めて歩きだし、スズメバチ・スーツをぬぎはじめました。家につくと、着ていたものをぜんぶ部屋のすみにほうりだし、じぶんのしっぽを、腰にぐるりと巻きつけると、かたほうの耳にマツヤニをちょっぴりつけて、目のうえにはりつけ、またゾウのところへもどりました。

「おお、だれかがあそこにきたが、いやあ……おみごと、おみごと。おれには、あんたがだれだか、さっぱりわからないよ！」

あれは、リスに仮装してきたアリなのか、スズメバチなのかと、ゾウがなやんでいるすきに、リスは木の実のケーキをまずひと切れいただき、そのよこで、ミミズがしとやかに、ダンスホールをすべっていきました。

小さな黒い箱

あるばん、リスとアリは、ブナの木のいちばんうえの枝にならんですわっていました。そとは静かであたたかく、ふたりは木のこずえや、星をながめました。そしてはちみつをなめながら、太陽や川岸のこと、いろんな手紙や、これからのことについて、おしゃべりしたところでした。
「ぼくは、今夜をとっておこう」と、アリがいいました。「いいアイデアだと思わないかい?」
リスはびっくりした顔で、アリを見つめます。

するとアリは、小さな黒い箱をとりだしました。

「このなかに、ツグミのたんじょうびが、もうはいってるんだ」

「ツグミのたんじょうび？」

リスはたずねます。

「ああ」

アリはいい、
そのたんじょうびを、
箱からとりだしました。

すると……ふたりは、ニワトコの実のクリームがかかったあまい栗ケーキをもういちど食べていました。サヨナキドリが歌い、ホタルが光をともしたり消したりするなかで、ふたりはダンスをおどり、ツグミのくちばしがまたよろこびにかがやくところを見ました。それは思いだせるなかで、いちばんすてきなたんじょうびでした。

アリは、ツグミのたんじょうびを、また箱にしまいました。

「今夜も、ここにあわせてしまっておくよ」と、アリはいいます。「もう、ずいぶんたくさんのものが、はいってるんだ」

アリは箱のふたをしめると、リスにあいさつして、家にかえっていきました。

リスはそのあとしばらく、家のまえの枝にすわって、あの箱のことを考えていました。

（今夜がどんなふうに、あの箱にはいってるんだろう？　くしゃくしゃになったり、やぶれたりしてないかな。はちみつの味も、なかにはいってるのかな。そしてとりだせば、いつでもまた、今夜が手にはいるのかな。おちたり、割れたり、どこかにころがっていったりしないだろうか。それにしてもあの箱、ほかにはなにがはいってるんだろう？　アリがひとりでした冒険？　波がきらめく川、川岸の草むらですごした朝？　遠くの動物たちからの手紙も？　もし箱がいっぱいになって、もうこれ以上はいらなくなったら……？　悲しい気持ちの日をしまう、べつの箱もあるのかなあ）

リスは頭がくらくらしてきて、家にもどると、ベッドにはいりました。

アリのほうは、しげみのしたにある家で、ずいぶんまえからねむっていました。箱は、アリの頭のうえのたなにのせてあります。けれども、アリは、箱のふたをしっかりしめていませんでした。

まよなか、そのふたがとつぜんひらくと、むかしのたんじょうびがすごいいきおいで、箱のそとへ、部屋(へや)のなかへと流れだしました。そして、とつぜん……アリはゾウとおどっていました。月明かりのもと、菩提樹(ぼだいじゅ)のしたで。

「ぼくはねむってるはずなのに！」

アリはさけびました。

「おーや、そんなの、どうだっていいだろ」

ゾウはいい、アリをぐるぐるとまわしました。そして長い鼻や耳をゆらしながら、「おれたち、ダンスがうまいなあ、え？」とか、アリの足をふんづけたときは、「こりゃ、しつれい」とかいいました。

ツチボタルたちは、バラのしげみでちかちか光り、リスは菩提樹(ぼだいじゅ)のいちばんしたの枝(えだ)にすわって、アリに手をふっています。

そのたんじょうびも、とつぜん箱のなかにすうっともどり、それからまもなく、アリは目をさましました。

アリは目をこすると、あたりを見まわしました。月明かりがさしこみ、たなのうえの箱にも光があたっています。アリは起きあがり、箱のふたをしっかりしめました。

でも、じぶんの耳をしばらく箱におしつけて、音楽や、草の葉のざわざわする音、川の波がさらさら流れる音を聞いていました。そして、はちみつの味の音さえ、聞こえた気がしました。ただ、そんなことがほんとうにあるのか、アリにはよくわかりませんでした。

アリは、まゆをひそめ、またベッドにもどりました。

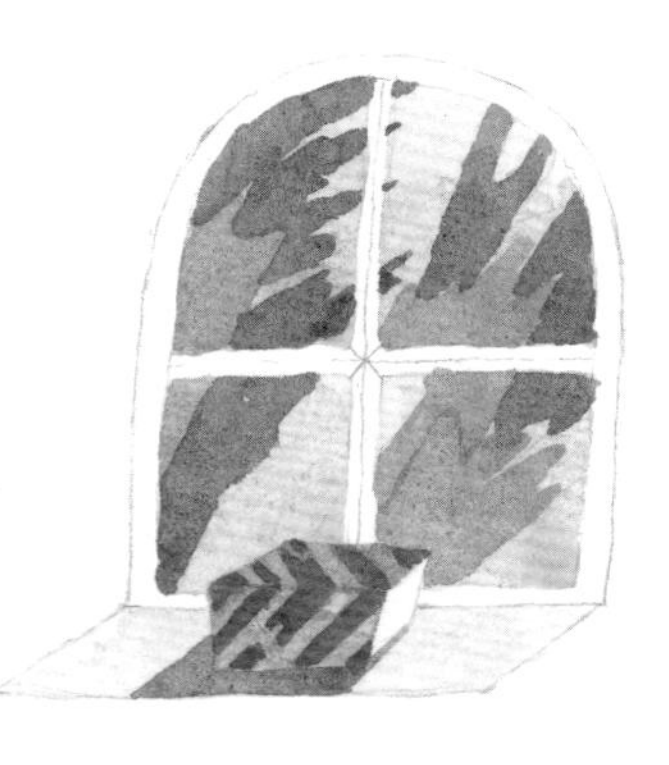

トーン・テレヘン　Toon Tellegen

1941年生まれ。作家、詩人、医師。1984年に幼い娘のために書いた動物たちの物語『一日もかかさずに』を刊行後、動物を主人公とした物語を50作以上発表し、文学賞を多数受賞。2016年に邦訳刊行された『ハリネズミの願い』（新潮社）で本屋大賞翻訳小説部門を受賞した。その他の邦訳作品に『きげんのいいリス』『おじいさんに聞いた話』（新潮社）や、絵本『小さな小さな魔女ピッキ』（徳間書店）などがある。

野坂悦子　Etsuko Nozaka

1959年生まれ。翻訳家、作家。『おじいちゃん　わすれないよ』（金の星社）で産経児童出版文化賞大賞を受賞。『第八森の子どもたち』（福音館書店）、『きつねのフォスとうさぎのハース』（岩波書店）、『100時間の夜』（フレーベル館）、『とんがりぼうしのオシップ』（BL出版）など、訳書は100を超える。創作作品に『ようこそロイドホテルへ』（玉川大学出版部）など。紙芝居文化の会で海外統括委員もつとめる。

植田 真　Makoto Ueda

1973年生まれ。画家。『マーガレットとクリスマスのおくりもの』（あかね書房）で日本絵本賞を受賞。おもな作品に、『スケッチブック』（ゴブリン書房）、『まじょのデイジー』（のら書店）、『おやすみのあお』（佼成出版社）、『ぼくはかわです』（WAVE出版）、『えのないえほん』（作・斉藤倫、講談社）など。さし絵・装画も多く手がける。

「リスのたんじょうび」は、1995年に絵本としてオランダで初めて出版されました。
本書は、「パーティー」をテーマに他の8編をあわせる形で2012年に出版された原書
『De verjaardag van de eekhoorn en andere dieren（リスのたんじょうびとほかの動物たち）』
を完訳したものです。

リスのたんじょうび

2018年9月　初版第1刷

著　者　トーン・テレヘン
訳　者　野坂悦子
画　家　植田 真

発行者　今村正樹
発行所　偕成社
〒162-8450 東京都新宿区市谷砂土原町3-5
電話 03-3260-3221［販売部］03-3260-3229［編集部］
http://www.kaiseisha.co.jp/

印刷所　大日本印刷株式会社
製本所　株式会社常川製本

Japanese text©2018, Etsuko Nozaka / Illustration©2018, Makoto Ueda
20cm 130p. NDC993 ISBN978-4-03-521360-4
Published by KAISEI-SHA. Printed in Japan.
本のご注文は、電話・ファックス、またはEメールでお受けしています。
Tel:03-3260-3221 Fax:03-3260-3222
e-mail:sales@kaiseisha.co.jp